50
EURO CENT
Brot
Äpfel
Eier
KOCHEN

Jochen Vahle · Peter Zickermann:
Antonius Priemelmann

tpk Regionalverlag

Für Jochens Bruder Uli,
der jetzt ein weißer Schmetterling ist

ANTONIUS PRIEMELMANN

Text von Jochen Vahle · Zeichnungen von Peter Zickermann

tpk-Regionalverlag

Inhalt

Kapitel eins

Also noch so ein Buch über einen ganz besonderen Jungen ... Gibt es davon nicht schon viel zu viele: über Fußballer und Zauberer, Indianerjungen und kleine Ritter, über Clowns und Helden und all sowas?

Ganz bestimmt gibt es die. Aber trotzdem sollte jemand doch auch von diesem einen ganz besonderen Jungen hier erzählen. Unbedingt sogar! Und wenn nicht in diesem Buch, wo dann? – Also, hier geht es um Antonius Priemelmann. Alleine der Name geht ja nun schon mal gar nicht: *Antonius. Priemelmann.* Wenn er wenigstens so einen coolen Namen hätte wie Justin, Dustin oder Kevin. Aber *Antonius*? Und dann noch *Priemel-mann*?

Den besten Namen überhaupt hat Jeremy-Jerome-Pascal aus der 4b. Auch vom Nachnamen her: Hochstädter-Tiefenbäumer. *Jeremy-Jerome-Pascal Hochstädter-Tiefenbäumer.* Alter! Mit drei Bindestrichen! Da ist man natürlich auf dem Schulhof voll der König. Alleine schon von der Abkürzung her: *J. J. P. H. T.*, natürlich englisch ausgesprochen: *Dschäi-Dschäi-Pi Ätsch-Tie!* Alter, schwer Chef!

Aber Antonius heißt eben nur Antonius. *Antonius Priemelmann*. Und auf dem Schulhof ruft auch keiner was Cooles hinter ihm her. Sondern sie rufen an guten Tagen »Priemelmann!«. Und an schlechten Tagen sogar »Pimmelmann!«. Das findet Antonius natürlich besonders ätzend. Denn er hat zwar einen, will aber nicht so genannt werden. Verständlich.

Antonius heißt *Antonius*, weil seine Eltern ihn so genannt haben. Damals. Weil sie das eine gute Idee fanden. Viel besser als Anton oder noch besser als Toni. Antonius hörte sich so herrlich römisch an. Und Antonius' Mutter fand Römer schon immer gut. Antonius' Vater war es egal. Hauptsache ein Junge. Der Name war ihm egal. Für ihn war es viel wichtiger, dass der Junge seinen Nachnamen bekam: *Priemelmann*. So hieß nämlich schon sein Vater. Und sein Opa. Und sein Uropa. Und sein Ururopa. Und sein Urururopa. Und sein Ururururopa. Wahrscheinlich hieß auch schon irgend so 'n mickriger, kleiner Neandertaler aus dem Neandertal bei Düsseldorf vor Millionen Jahren *Priemelmann*. Also heißt auch Antonius *Priemelmann*.

Kapitel zwei

Antonius' Vater
in Anzug Nummer 2

Antonius' Vater sind viele Sachen total egal, aber so was wie der Nachname eben nicht. Er arbeitet irgendwo in einem Büro irgendeinen Bürojob und macht dort irgendwelche Sachen, die man in irgendeinem Büro eben so macht. Er erzählt wenig bis nichts von seiner Arbeit. Morgens um sieben Uhr verlässt er in einem seiner drei Anzüge das Haus. Abends gegen achtzehn Uhr kommt er wieder zurück. Jede Woche von Montag bis Freitag. »Nine to five« nennt er das. Das ist Englisch und heißt übersetzt »von neun bis fünf«, dabei ist er doch von sieben bis sechs Uhr aus dem Haus. Komisch.

Antonius' Vater ist ein ruhiger Typ. Nie wirklich ausgelassen fröhlich, aber auch nie traurig oder gar böse. Immer so mittel: mittel-gut gelaunt. Mittel-gut gekleidet. Mittel-gut unterwegs. Immer. Eine Ausnahme bildet da nur das monatliche Treffen mit seinen Kumpels vom »I-ate-the-worm«-Club. Das ist schon wieder Englisch und heißt übersetzt »Ich habe den Wurm gegessen«. Das steht sogar auf einem T-Shirt, das Antonius' Vater dann immer anzieht, wenn er da hingeht. Sogar einen Mexikanerhut setzt er dann immer auf. Einen Sombrero.

Angeblich trifft er sich dann immer mit seinen Kumpels in einem mexikanischen Restaurant. Dann essen sie erst so mexikanisches Essen und dann trinken sie – angeblich – einen Schnaps, der *Mescal* heißt, und auch dieser Schnaps kommt aus Mexiko. Man macht ihn aus einem Kaktus, und in diesem Kaktus wohnt – angeblich – ein Wurm. Und diesen Wurm steckt man dann – angeblich – mit in den Schnaps rein. Also in die Flasche. Der schwimmt dann da drin rum. Tot natürlich. Und wenn die Flasche dann ausgetrunken ist, muss – angeblich – immer der Reihe nach jedes Mal ein anderer aus dem Club diesen toten, ekligen Wurm aus der Schnapsflasche holen und essen! Und wenn er das zum ersten Mal gemacht hat, ruft er »Ich habe den Wurm gegessen!«. Und dann klatschen alle und freuen sich. Und dann bekommt er ein T-Shirt, auf dem das eben drauf steht. Und weil es cooler ist, steht das dann da auf Englisch drauf: »I ate the worm«.

Antonius kann diese Geschichte eigentlich nicht so richtig glauben. Er weiß nur, dass sein Vater in so einem T-Shirt und mit einem Mexikanerhut einmal im Monat das Haus verlässt. Dann kommt er vier Stunden später wieder sehr fröhlich nach Hause und geht sofort ins Bett. Betrunken. Aber nicht sehr betrunken. Eher so mittel.

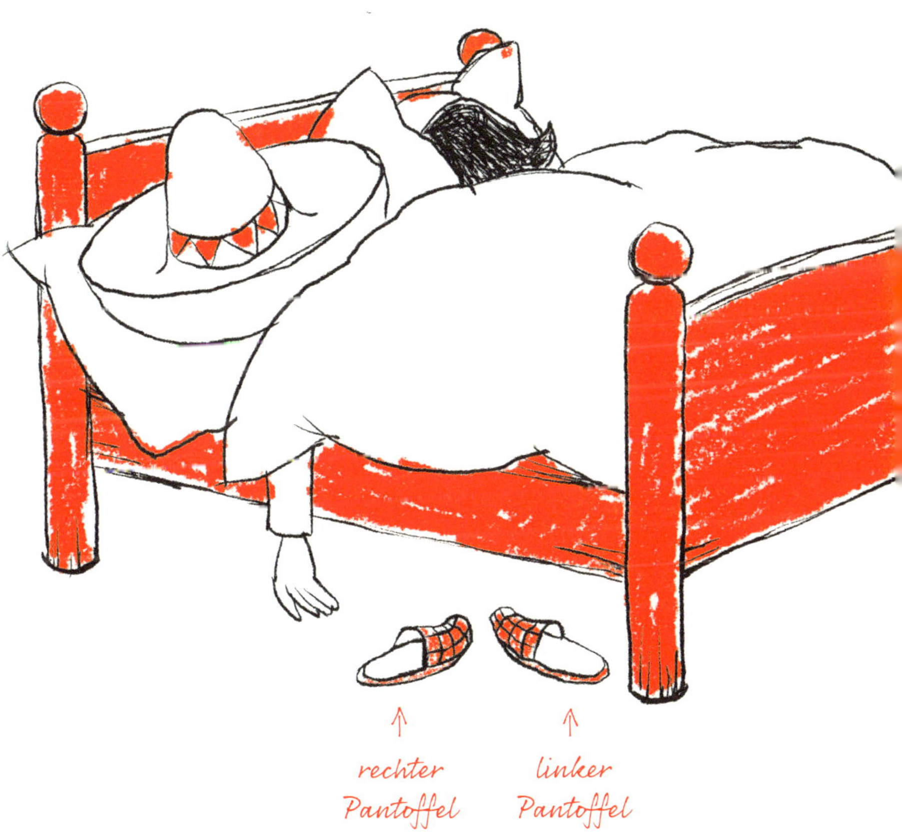

Kapitel drei

Mama ist sehr beweglich!

Antonius' Mutter ist da ganz anders. Sie schnattert und erzählt und hampelt und macht irgendwas den ganzen Tag. Dabei ist sie eigentlich so dick und rund, dass man glauben könnte, sie kann sich gar nicht bewegen. Aber sie ist wahrscheinlich die beweglichste dicke Frau in ganz Deutschland. Auch wenn sie sitzt. Irgendwas an ihr bewegt sich immer. Und wenn es nur ihr großer dicker Busen ist, der immer ganz lustig wackelt und hüpft, wenn sie lacht.

Und sie lacht viel! Den ganzen Tag. Sie lacht, wenn sie morgens aufsteht und ihren Hausschuh nicht finden kann. Sie lacht, wenn auf dem Klo das Klopapier alle ist. Sie lacht, wenn Antonius beim Frühstück seinen Kakao umwirft. Sie hat mal so laut gelacht, dass eine Spinne von der Decke gefallen ist: direkt in den vom Lachen weit offenen Mund von Antonius' Mutter. Sie hat sich so erschrocken (also die Mutter, nicht die Spinne, obwohl, die wahrscheinlich auch), dass sie sich total verschluckt hat und ganz doll husten musste. Aber selbst das fand sie auch wieder lustig und hat gelacht und gelacht und gelacht.

Was aber noch viel wichtiger als ihr Lachen ist: Antonius' Mutter ist total kuschelig. Weil sie doch so dick ist. Und so weich. Und das liebt Antonius so sehr. Er kann sich ganz doll an sie rankuscheln. Und sie nimmt ihn dann in den Arm und drückt ihn an ihren dicken Busen und sie schmusen. Ganz lieb. Das findet Antonius schön. Und seine Mutter findet das auch schön. Und Antonius möchte bitte nie so groß werden, dass er dafür zu alt ist.

Mamas komischer Beruf

Ach ja, Antonius' Mutter geht zum Arbeiten nicht aus dem Haus. Sie erledigt den Haushalt, kann super kochen und schreibt am Computer kleine Liebesgeschichten. Die erscheinen dann in so Heftchen, die Leute beim Frisör lesen können. Und dafür bekommt sie Geld. Komische Berufe gibt es.

Kapitel vier

Antonius wohnt schon immer in dieser Stadt. In diesem Haus. In dieser Wohnung. In diesem Zimmer. »Warum woanders hingehen?«, sagt sein Vater immer, »Da ist es auch nicht anders als hier.« – Antonius weiß nicht so recht, ob das stimmt. Wenn sie im Fernsehen mal was über zum Beispiel Papua-Neuguinea zeigen, dann sieht das da schon ziemlich anders aus als bei den Priemelmanns draußen vorm Haus. Denn sich auszukennen, ist ja schon ganz praktisch.

Antonius kann auf seinem Bett liegen und mit geschlossenen Augen den kompletten Weg zur Schule gehen. Im Kopf. Ohne einen Fehler! Ohne sich zu verlaufen! Und das sind immerhin fast zwei Kilometer. Naja, und wenn der doofe Rüpel-Hund von Frau Wandsbecker im Weg steht, sind es sogar fast drei Kilometer. Weil er einen Umweg gehen muss. Er hat so Angst vor dem Hund. Aber auch den Umweg kennt Antonius ganz genau und kann ihn Schritt für Schritt im Kopf auswendig. Macht das mal nach!

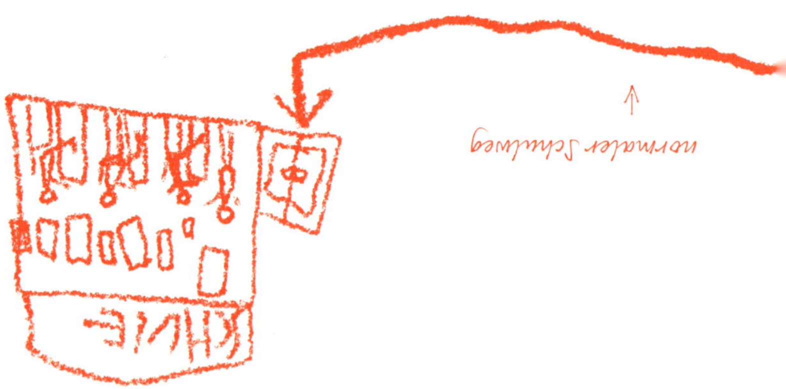

Schulweg mit Umweg
wegen Rüpel-Hund
von Frau Wandsbecker
ZUHAUSE

Die Dinosaurier waren bestimmt bunt!

Antonius kann so einiges im Kopf. Zum Beispiel ein Brot schmieren. Oder Blumen angucken. Oder Dinosaurier anmalen. Er glaubt nämlich nicht, dass Dinosaurier nur grau oder grün waren. Deshalb malt er sie im Kopf immer bunt an. In seiner Fantasie. Überhaupt mag Antonius am liebsten bunte Sachen. Wenn er seine zwei Kilometer (oder manchmal drei, wegen des Hundes) richtig zur Schule geht, also nicht im Kopf, sondern richtig, morgens, dann freut er sich immer, wenn er etwas Buntes sieht: Reklametafeln, Blumen, Schilder, Tafeln am Kiosk, auf denen die Eissorten stehen. Röcke von Frauen. T-Shirts von Männern. Hauptsache bunt und knallig. Er hat dabei keine Lieblingsfarbe, sondern es darf gerne alles durcheinander sein. Aber weil seine Mutter nicht nur dick ist, sondern auch »modisch«, darf er selber nicht zu bunt gekleidet sein. Das findet seine Mutter eben nicht modisch. Also trägt Antonius einfach die Sachen, die seine Mutter ihm morgens rauslegt. Und die sind immer modisch und sauber. Aber eben nicht zu bunt.

Antonius achtet immer darauf, dass er nicht zu spät aus dem Haus geht. Denn zu spät sein, das findet er eher so mittel. Da ist er ein bisschen wie sein Vater. Der mag das auch nicht. Und da Antonius ja nie genau weiß, ob der doofe Rüpel-Hund von Frau Wandsbecker im Weg steht, geht er morgens früh genug aus dem Haus. So früh, dass er oft fast zwanzig Minuten zu früh an der Schule ist. Dann steht er auf dem Schulhof und guckt. Wer so da ist. Ob überhaupt schon jemand da ist. Und dann zählt er durch, wer nacheinander auf den Schulhof kommt. Und er kann die Namen von fast allen Kindern aus der Schule auswendig: Gülcan, Orhan, Tom, Frieda, Oskar, Kevin, Justin, Dustin, Enser, Ece, Thilo, Lina, Benno, Ben, Lukas, Tim, Jasmin, Semih, Joshua, Jan, Suaro, Rüdi, Gamze, Reber, Ebrar, Lars, Lara, Lea-Michelle, Leonard, Lea, Jonas, Sintija, Anas, Adisona, Adelina, Felix, Nico, Sophia 1, Sophia 2, Sophia 3, Sophia 4, Matilda, Luca Merlin, Justus, Richard, Anna, Kim, Malin, Sunnie, Noemi, Julie, Alex, Louisa, Lennart, Jonathan, Flavio, Sanarya, Lia, Corinna, Romeo, Mats, Max, Anton, Helena, Ella, Iwan und noch viele mehr. Und natürlich auch Jeremy-Jerome-Pascal.

Antonius steht dann da und murmelt die Namen. Und freut sich. Und lächelt. Die anderen Kinder finden das oft ein bisschen unheimlich. Und die größeren Jungs aus der vierten Klasse finden das manchmal gar nicht komisch. Da muss er aufpassen, dass er die Namen nicht zu laut sagt. Sonst verpassen die ihm nämlich eine. Oder sie schubsen ihn. Oder beides. Überhaupt hat Antonius nicht viele Freunde oder Freundinnen. Er kennt sie zwar alle beim Namen, aber er ist eben irgendwie anders als sie. Finden sie jedenfalls. Findet Antonius eigentlich nicht.

Liegt es an seinen Segelohren? Liegt es an seiner dicken Mutter? Obwohl, Kevin hat eine noch dickere Mutter, der ist aber beliebt und wird beim Wählen der Fußballmannschaften fast immer als erster genommen. Antonius wird meistens als letzter gewählt. Oder er bleibt einfach stehen. Weil ihn keiner wählt. Weil in jeder Mannschaft schon sechs Kinder sind. Dann fangen sie an zu spielen und lassen ihn da stehen. Einfach so. Das findet Antonius zwar doof, aber er hat sich dran gewöhnt. Dann steht er eben da und schaut zu.

Richtig ätzend wird es, wenn zufällig eine der Lehrerinnen vorbeikommt. »Na, Antonius? Lassen sie dich wieder nicht mitspielen?« Sie fordert die anderen Kinder dann auf: »Ihr lasst den Antonius jetzt sofort mitspielen, aber sofort!« Meist mit einer Kreischstimme. So laut wie ein Düsenjäger. Oder als wenn man mit einer rostigen Schüppe auf einer Motorhaube rumkratzt. Sie lassen Antonius dann zwar mitspielen, aber er bekommt keinen Ball. Er bekommt keinen Pass. Er darf nicht ins Tor. Nix. Gar nix. Aber wenn er nicht aufpasst, dann ballern sie ihm volle Pulle einen Ball auf den Po oder an den Kopf. Er sieht Sterne, und manchmal wird ihm übel. Das ist dann doppelt blöd. Alles wegen der Lehrerin.

So steht er lieber freiwillig daneben. Er murmelt die Namen der Spieler vor sich hin. Und was keiner weiß, er erkennt immer schon zehn Sekunden vorher, wer gleich ein Tor schießt. Immer! Das funktioniert selbst bei Elfmetern. Bei Freistößen und bei Ecken auch. Eigentlich kann er sogar vor dem Spiel schon sagen, wie es ausgeht. 3b gegen 4a? 7:8 nach Elfmeterschießen. 1a gegen 1b? Unentschieden 3:3. Die Mädchen gegen die Jungen? Natürlich 10:3 für die Mädchen. Weil die Jungs immer so überheblich spielen, dass die Mädchen ja fast nur gewinnen können. Aber dass Antonius Priemelmann so was kann, das weiß natürlich keiner. Weil Antonius es für normal hält und es deswegen keinem erzählt.

Kapitel fünf

Wenn Antonius nach der Schule nach Hause geht (und das dauert meistens nicht so lange, weil der doofe Rüpel-Hund von Frau Wandsbecker da meistens schon seinen Mittagsschlaf hält), dann freut er sich schon enorm auf zuhause. Seine Mutter ist ja nicht umsonst so dick. Nein, sie kann einfach phänomenal gut kochen. Und auf das Mittagessen freut er sich dann den ganzen Rückweg lang. Manchmal freut er sich schon morgens beim Aufstehen darauf. Oder beim Frühstück. Das sind dann fast eineinhalb Mahlzeiten. Da sitzt der Junge da und futtert gerade genüsslich sein Marmeladenbrot und denkt trotzdem dabei schon ans Mittagessen.

Was es gibt? – Morgens fragen braucht er seine Mutter nicht, denn die antwortet erst gar nicht. Vielleicht murmelt sie mal so was wie »Wirst schon sehen« oder ein geheimnisvolles »Warte nur ab«. Er vermutet, dass seine Mutter das morgens einfach noch gar nicht weiß. Das macht die Sache allerdings noch spannender. Einige seiner Mitschüler wissen immer ganz genau, was es zu essen gibt. Die müssen nämlich in der Schule essen. Und da hängt eben immer ein Plan aus. Da steht dann »Menü I« und das ist dann für jeden Tag genau festgelegt. Schon Wochen im Voraus.

Antonius' Mutter entscheidet meistens so gegen Viertel vor zehn bis halb elf was sie heute kochen wird. Ihre Königsberger Klopse sind eine Sensation. Auch ihr Hackbraten mit Pommes und Erbsen verdient mindestens eine Goldmedaille. Wenn, ja: wenn alles gut geht. Denn einen Haken haben die Kochkünste seiner Mutter: Sie kocht immer genau nach Kochbuch. Exakt nach Rezept. Punkt für Punkt den Arbeitsanleitungen und Zutatenlisten folgend. Das Kochbuch liegt beim Kochen immer direkt auf der Arbeitsfläche. Wenn sie sich dann mal dreht oder wendet, kann es passieren, dass sie mit ihrem großen Hintern das Kochbuch voll erwischt und es zu Boden fällt. Sie lacht darüber und hebt es etwas mühsam wieder auf und hat dabei aber vergessen, auf welcher Seite sie denn gerade war. Und es fällt ihr dann auch nicht mehr ein, was sie eigentlich kochen wollte. Dann ärgert sie sich zwar ein bisschen, aber was hilft es denn? Sie schlägt eine neue Seite auf und kocht bei irgendeinem anderen Gericht einfach weiter. Das führt manchmal zu den absonderlichsten Kombinationen. Und gerade das findet Antonius besonders spannend. Letzten Montag gab es zum Beispiel Brathering mit Himbeersoße und Nudeln. Vor zwei Wochen Kartoffeln mit einer Kokosnusskruste und pürierten Hähnchenschenkeln.

Am allerwildesten ist es meistens donnerstags, weil seine Mutter da weniger Zeit zum Kochen hat. Am Donnerstag ist nämlich auch immer der Abgabetermin für ihre ausgedachten Geschichten, die später als Heftchen beim Frisör ausliegen. Da ist sie mit den Gedanken völlig durcheinander, und Antonius vermutet, dass ihr dann vor lauter Aufregung das Kochbuch mindestens dreimal runterfällt. Letzten Donnerstag gab es zwar nur eine Suppe, aber was darin zu finden war, schlug einfach alles um Längen: Die Brühe schimmerte wie ein Regenbogen und es zog ein beachtlicher Duft nach Zimt, Senf, Curry und frischen Marshmallows quer durch das Treppenhaus. Auf Antonius' Teller lag die wildeste Mischung, die er je vorgefunden hatte: ein Fischkopf, zwei Büroklammern, Möhren, Bohnen, Kartoffeln, aber auch Reis, Nudeln und ein ganzer Semmelknödel. Gummibärchen, Rosenkohl und ein altes Glasauge rundeten das Gesamtbild ab. Antonius war zwar begeistert, wusste aber nicht genau, ob er den Rosenkohl oder das Glasauge ekliger fand. Er löffelte den Eintopf also mit einer Mischung aus Freude, Vorsicht und gleichzeitiger Angst in sich hinein. Bislang hatte er immer alles überlebt, und wer weiß, was er später im Leben noch in anderen Küchen erleben würde. Antonius isst immer alles auf, und wenn seine Mutter laut lachend fragt: »Na, Süßer, schmeckt's?«, so antwortet er immer begeistert: »Natürlich, ganz wunderbar!« Und dann drückt sie ihn noch lauter lachend an ihren dicken Busen. Sein Vater muss das Gebräu allerdings abends, wenn er um achtzehn Uhr nach Hause kommt, auch noch essen. Und wisst ihr, wie der das Essen immer findet? Genau: so mittel.

*Was ist ekliger:
Rosenkohl oder
ein Glasauge?*

A

Kapitel sechs

Antonius' Lieblingsplatz

Nachmittags, wenn er seine Hausaufgaben fertig hat, geht Antonius gerne in den Stadtpark und schaut, was es da so gibt. Er weiß natürlich ganz genau, was es da so gibt: Bäume, Büsche, Bänke, Blumen, Wege, Mülleimer, Spielgeräte auf dem Spielplatz, Spaziergänger und all das, was es eben in Stadtparks so gibt. Wichtig sind für Antonius all die kleinen und großen Abenteuer, die man da erleben kann. Wobei er auf richtig große Abenteuer gerne verzichten kann. Und auch solchen Typen wie J. J. P. H. T. muss er hier nicht unbedingt begegnen. Er ist nämlich grundsätzlich auch nicht so richtig mutig, sondern eher so in Richtung ängstlich. Oder, wie es sein Vater gerne sagt, »mittel-mutig«.

So ist Antonius also im Stadtpark immer darauf bedacht, den wirklichen Idioten nicht über den Weg zu laufen, und genießt den Nachmittag. Am liebsten sitzt er dabei auf einer Bank, die auf einer kleinen Anhöhe steht. Wie ein kleiner Feldherr sitzt er da und schaut herum und beobachtet, was sich so tut.

Am alten Ahornbaum kommt der doofe Rüpel-Hund von Frau Wandsbecker zusammen mit Frau Wandsbecker um die Kurve und kackt einen famosen Haufen mitten auf den Weg. Unfassbar, was für ein riesiger Haufen aus einem kleinen Hund rauskommen kann. Noch unfassbarer ist allerdings der Anblick, wenn Frau Wandsbecker sich das seelenruhig anschaut und ihren doofen Rüpel-Hund mit Komplimenten überschüttet: »Feiiiiiiiner Wauwi, so einen feiiiiiiinen Haufen Kacki gemacht … ja so ein Feiiiiiiiner!« – Als wenn sie oder ihr doofer Köter im Lotto gewonnen hätten! Naja, sie holt dann jedenfalls eine kleine Tüte aus der Tasche und steckt den Hauptgewinn fein säuberlich in die Tüte und die Tüte wieder in ihre Handtasche. IN IHRE HANDTASCHE! Antonius würde gerne mal in die Handtasche von Frau Wandsbecker schauen, ob da ganz viele Hauptgewinne drinstecken oder ob sie die da auch mal wieder rausnimmt. Stellt euch mal vor, ein Taschendieb würde die Handtasche von Frau Wandsbecker klauen. Wenn der dann die Handtasche durchwühlen würde … Ein fabelhafter Gedanke!

Helm auf, du Penner!

Toll sind auch die Kinder, die versuchen, im Park Rad fahren zu lernen. Meistens sitzen sie auf viel zu großen kleinen Fahrrädern mit viel zu krummen Stützrädern. Sie sitzen sehr schief und versuchen, irgendwie die Balance zu halten. Ein Erwachsener rennt dabei schwitzend hinter ihnen her und ruft so schlaue Sachen wie »Geradeaus. Schneller. Vorsicht. Langsamer. Vorsicht. Kurve. Bremsen. Strampeln. Lenken. Vorsicht. Vorsicht. VORSICHT!« Dann ist es aber meistens zu spät, und die Kinder fahren volle Pulle in die Büsche oder in den Sandkasten oder irgendjemandem voll in die Hacken. Kinder, die nicht Rad fahren können, fahren immer volle Pulle. Immer! Das ist Gesetz. Antonius ist stets begeistert, mit welchem grandiosen Widerwillen die Kinder jegliche Form von Körperbeherrschung ablehnen und es wohl niemals lernen werden. Und weil das bei Antonius auch so war und sein Vater es irgendwann aufgegeben hat, kann Antonius bis heute nicht Rad fahren. Das ist zwar nicht weiter tragisch, aber Antonius findet es doof, dass er deshalb auch nur selten seinen Helm aufsetzen kann. »Helm auf, du Penner!« – das gilt eben nur für Radfahrer. Oder für Bauarbeiter. Für einfach so rumlaufen gilt das nicht. Schade.

Am meisten freut sich Antonius aber, wenn er den alten Pirosch entdeckt. Der trägt nämlich seine Einkäufe immer mitten durch den Stadtpark und kann, weil er so alt ist, seine Tüten und Taschen kaum tragen. Dann rennt Antonius zu ihm hin. Der alte Pirosch lächelt. Antonius lächelt auch. Geredet wird nicht. Antonius nimmt dem alten Pirosch die Taschen und Tüten ab und trägt sie ihm nach Hause. Schweigend gehen die beiden nebeneinander her. Ab und an schauen sie sich an und lächeln. Wenn sie beim alten Pirosch angekommen sind, bekommt Antonius ein klitzekleines Bonbon geschenkt. Aber das steckt er dem alten Pirosch sofort wieder heimlich in seine zerfranste Jackentasche, weil er weiß, dass der alte Pirosch nicht nur alt, sondern auch arm ist. Und dem will er nicht die Bonbons wegfuttern. Und der alte Pirosch wundert sich bestimmt, dass die Bonbons in seiner Tasche niemals weniger werden.

Aber jetzt ist es fast schon halb sechs durch. Antonius muss nach Hause. Wenn sein Vater um sechs nach Hause kommt, dann muss auch Antonius zu Hause sein. Unbedingt!

Kapitel sieben

Antonius liebt es, seinen Vater zu erleben, wenn er nach der Arbeit zuhause ankommt. Seine Mutter begrüßt ihn dann immer genauso lachend, wie sie ihn morgens verabschiedet hat. Das nimmt Antonius' Vater relativ stumm zur Kenntnis und beantwortet die Frage »Wie war dein Tag?« meistens nur murmelnd bis überhaupt nicht. Seine Tage sind immer gleich. Immer von sieben bis achtzehn Uhr. Also »nine to five«. Was soll denn bitte in seinem Büro schon Tolles passiert sein? Nix. Gar nix. Vielleicht bricht mal ein Bleistift ab oder der Kaffee kippt um. Sonst eben nix. Er zieht mühsam seinen Mantel aus, streicht Antonius nebenbei übers Haar und fragt seinerseits auch Antonius immer »Wie war dein Tag?«, was Antonius immer, genau wie sein Vater, nur murmelnd bis gar nicht beantwortet. Und weil sein Vater dabei

auch schon fast in der Küche verschwunden ist, scheint das eigentlich doch nicht so richtig wichtig zu sein. Antonius stört das nicht.

Jetzt gibt es Abendessen. Antonius isst ein einfaches Butterbrot (eine Hälfte mit Leberwurst, eine Hälfte mit Käse). Seine Mutter isst ein vielfaches Butterbrot (eine Hälfte mit Leberwurst, eine Hälfte mit Käse, eine Hälfte mit Fleischwurst, eine Hälfte mit Käse, eine Hälfte mit Sülze, eine Hälfte mit Käse). Antonius' Vater bekommt das Mittagessen noch mal aufgewärmt. Und egal, wie sonderbar es ist: Vater löffelt es immer ganz schnell in sich hinein. Er wundert sich schon lange über nichts mehr. Wer weiß, seine Geschmacksnerven sind vielleicht sogar komplett abgestorben? Mutter Priemelmann schnattert dabei jedenfalls ohne Punkt und Komma und lacht und erzählt und redet und lacht. Antonius liebt diese gemeinsamen Mahlzeiten. Zusammen Abendbrot essen: Das ist das Schönste. Nie liebt Antonius seine Familie mehr als beim Abendbrot. Er schaut abwechselnd auf den Vater und die Mutter und auf das Brot in seiner Hand. Und ist dabei sehr, sehr glücklich.

vielfaches Butterbrot

mittelgigantisches Puzzle

Nach dem Abendbrot räumen sie gemeinsam den Geschirrspüler ein und die Küche auf, und dann, ja dann geht Antonius' Vater an seinen Puzzletisch. Genau, an seinen PUZZLETISCH. Antonius' Vater kann ja schließlich nicht jeden Abend sein »Ich-habe-den-Wurm-gegessen«-T-Shirt anziehen und mit Sombrero zum Mexikaner gehen. Er muss sich ja auch mal anders entspannen. Also baut er gigantische Puzzles zusammen. An einem extra Tisch. Und diese Puzzles haben mindestens zwischen dreitausend und sechstausend Teile. Mindestens! Wenn nicht dreizehntausendzweihundert oder sogar achtzehntausend Teile. Das sind die größten Puzzles, die es gibt, sagt Antonius' Vater. Aber ihm reichen meist die Sechstausender – so mittelgigantisch halt.

Und damit er die Teile nicht immer mit der Nagelschere passend schneiden muss, darf Antonius ihm helfen. Früher durfte er nicht mal in die Nähe des Puzzles kommen, aber seit der Vater gemerkt hat, dass Antonius da irgendwie ein Händchen für hat, darf er gerne helfen. Antonius weiß auch nicht genau warum, aber er kann zielsicher in eine Kiste mit vielen tausend Teilen greifen und weiß sofort, wo das

Teil hingehört. Immer! Und er liebt es! Keiner redet dabei. Vater und er schauen gebannt auf den Tisch. Immer, wenn ein Teil passt (und Antonius' Teil passt immer), streichelt der Vater Antonius übers Haar und murmelt: »Passt!« Und lächelt dabei. Antonius liebt es, seinen Vater lächeln zu sehen. Er liebt es, seinem Vater zu helfen. Er liebt es, wenn sein Vater dabei glücklich ist.

Eine Stunde lang holt Antonius ein Teil nach dem anderen aus der Puzzlekiste. Und es passt immer. Immer! So geht das bis zur Tagesschau. Sein Vater holt kurz vor acht tief Luft, sagt »Zeit für das Weltgeschehen!« und macht den Fernseher an. Antonius zieht sich aus. Putzt sich im Schlafanzug die Zähne und sagt seinen Eltern noch leise Gute Nacht. Die sind dann aber meistens schon so im »Weltgeschehen«, dass sie nicht mehr reagieren. Also geht er einfach schlafen. Und schläft sofort ein.

Gute Nacht!

Kapitel acht

Wenn die Woche geschafft ist, sagt Antonius' Vater: »Die Woche ist geschafft!« Meistens sagt er das freitagabends. Und samstagmorgens auch noch mal: »Die Woche ist geschafft!« Allerdings ist die Woche noch nicht ganz geschafft, denn samstagmorgens wird der Großeinkauf erledigt. Das machen immer Antonius und sein Vater. Immer.

Seine Mutter setzt sich nach dem Frühstück an den Küchentisch und schreibt einen Einkaufszettel. Und da sie ja das Haus wenig verlässt und sie jeden Tag was kochen möchte und ja auch sonst allerhand gebraucht wird, kommt dabei immer ein seeeeeeehr langer Einkaufszettel zusammen. Und so sitzt sie laut lachend und kritzelnd vor dem Zettel und schreibt und schreibt und schreibt. Antonius sitzt daneben und passt auf. Antonius' Vater sitzt auch daneben und liest Zeitung.

ganz schön langer Einkaufszettel ↗

Antonius' Mutter schreibt die Sachen allerdings nicht nur auf, sondern ruft auch immer laut und fröhlich, was sie da gerade aufschreibt. Eigentlich sagt sie die Sachen nicht, sie fragt mehr. Das klingt dann so:

»Klopapier?« – Antonius bestätigt: »Klopapier!« und Antonius' Vater murmelt hinter der Zeitung hervor »Gute Idee: Klopapier«. – »Klopapier!«, bestätigt Antonius' Mutter das Ganze noch mal lachend und schreibt es auf den Zettel. »Eier?« – »Eier!« – »Hört sich vernünftig an: Eier« – »Eier!«, freut sich Antonius' Mutter glucksend und notiert es auf der Liste. »Kokosnüsse?« – »Kokosnüsse!« – »Super Idee: Kokosnüsse«. »Jaaaaaaa Kokosnüsse!« ... Antonius' Mutter kriegt sich vor Begeisterung und Frohsinn kaum noch ein. So geht das mindestens eine Stunde lang, bis der Zettel ganz vollgeschrieben ist. Antonius' Vater schaut dann auf den Zettel und jammert: »So viel ... Wir sind ja schon pleite, bevor wir überhaupt losgefahren sind!« Allerdings widerspricht er auch nicht. Weil er weiß, dass es keinen Zweck hat. So, wie es da steht, wird es gekauft.

Allerdings nicht ganz so, wie es da steht: Denn genau jetzt schlägt Antonius' große Stunde! Er schnappt sich den Einkaufszettel, einen neuen Zettel, eine Schere und einen Klebestift. Damit verschwindet er in seinem Zimmer. Und weil sein Vater weiß, was jetzt kommt und er damit außerdem noch ein bisschen Zeit gewinnt, um seine geliebte Samstagszeitung zu Ende zu lesen, lässt er Antonius einfach machen. Antonius schneidet alle Wörter der Einkaufsliste auseinander. Immer ein Einkauf auf einem Schnipsel. Die Schnipsel sortiert er sorgfältig und klebt sie dann auf den neuen Zettel. Sehr akribisch und sehr genau macht er das. Warum er das tut? Weil er ein Fuchs ist, der Antonius.

Er kennt den Supermarkt nämlich in- und auswendig. Er weiß ganz genau, in welcher Reihenfolge, in welchem Regal und in welchem Gang die einzelnen Sachen stehen. Vom Eingang bis hin zu den Kassen. Und genau in dieser Reihenfolge klebt er die Sachen wieder auf den neuen Zettel drauf. Erst das Gemüse, das Obst, die Molkereiprodukte, die Haushaltswaren, die Süßigkeiten, das Brot und so weiter und so fort. Das ist so schlau! Und er vertut sich nie. NIE! Er kennt die genaue Reihenfolge. Nicht nur von links nach rechts, nein, auch von oben nach unten. Sie müssen nie zurückgehen oder noch mal nachschauen oder was suchen. Nie. NIE! Antonius weiß sogar auswendig, was wie viel kostet, und kann im Voraus genau sagen, was sie am Ende bezahlen werden. Dabei kalkuliert er auch alle Sonderangebote mit ein. Der Prospekt vom Supermarkt kommt nämlich schon mittwochs, und da hat er bis samstagmorgens eh schon alles auswendig gelernt. Wenn sie dann an der Kasse ankommen, kräht Antonius schon beim Aufladen auf das Laufband die einzelnen Preise, und noch bevor die Kassiererin alles eingescannt hat, sagt Antonius triumphierend: »Einhundertzweiundzwanzig Euro und dreiundfünfzig Cent!« – Und es passt haargenau. Immer. IMMER! Und weil Antonius und sein Vater ja jeden Samstag da einkaufen, wundert das auch keinen mehr.

Wenn Antonius fertig ist mit seiner neu geklebten Liste, sagt er »Lass uns fahren!« zu seinem Vater. Und dann fahren sie. »Wir sind in einer Stunde und dreizehn Minuten wieder da«, ruft Antonius noch seiner Mutter zu. Und die lacht. Denn das stimmt hinterher haargenau.

Immer.

Kapitel neun

Samstagabends kann Antonius immer so lange er will mit seinen Eltern fernsehen. So lange er will. Das muss man sich mal vorstellen: So lange er will! ... Er will aber nicht. *Das* muss man sich mal vorstellen: Er will nicht! Und warum nicht? – Antonius findet es total spannend, sich Sachen vorzustellen. Er macht sich gerne Bilder im Kopf. Das findet er super. Also sieht er kein Fernsehen. Nein. Er hört es! Punkt acht Uhr, wenn die Eltern wieder das Weltgeschehen in der Tagesschau angucken, geht er ins Bad, zieht sich seinen Schlafanzug an und putzt sich sehr, sehr gründlich die Zähne. Eigentlich putzt er sogar wirklich jeden Zahn einzeln. Einzeln ... jeden Zahn! Er hat nämlich schreckliche Angst vorm Zahnarzt. Also putzt er immer so gründlich, dass der Zahnarzt noch nie was bei ihm gefunden hat und noch nie gebohrt hat. Das soll auch so bleiben. Wenn er damit um Viertel nach acht fertig ist, sagt er seinen Eltern noch schnell Gute Nacht, um dann in sein Zimmer zu verschwinden.

Immer schön die Zähne putzen!

Dabei lässt er die Wohnzimmertür heimlich ein Stück auf und seine Tür auch ein bisschen und so kann er ganz genau hören, was seine Eltern im Fernsehen schauen. Er hört, was die Menschen in der Flimmerkiste so sagen, und er hört die Musik und bei den Shows die klatschenden Leute im Publikum, wenn sich die Moderatoren wieder gegenseitig irgendwas angetan haben. Antonius liegt in seinem Bett und hört ganz genau zu und stellt sich alles vor: Die Augen fest geschlossen, so sind die Bilder in seinem Kopf so viel bunter, als es das Fernsehen jemals sein könnte. Sogar die Werbepausen nutzt er für seine ganz eigene Produktpalette knallbunter Waren und Angebote und was auch immer. Allerdings ist das auch sehr anstrengend für seinen Kopf. Und davon wird er herrlich müde. Beim aktuellen Sportstudio ist er schon lange eingeschlafen. Und träumt. Noch viel bunter. Das muss man sich mal vorstellen. Noch viel bunter als das Fernsehen.

Kapitel ~~elf~~ zehn

Am Sonntagmorgen wird erst mal ausgiebig gefrühstückt. »Mit Ei!«, sagt Antonius' Vater, »Sonntags ist das Frühstück immer mit Ei!«. Immer! Es muss exakt fünf Minuten lang gekocht sein. Und Antonius ist die Eieruhr. Er setzt sich, noch im Schlafanzug, neben den Herd und zählt langsam und rückwärts von 300 runter auf 0. Denn 300 Sekunden sind ja exakt fünf Minuten. Fünf mal sechzig. Und wenn die vorbei sind, müssen die Eier raus, werden kurz abgeschreckt und landen in den Eierbechern, die wohl irgendwie noch von Antonius' Großeltern stammen. »Erbstücke«, murmelt Antonius' Vater immer.

echt alte Eierbecher
(Erbstücke)

Sonntags frühstücken die Priemelmanns immer im Schlafanzug. Immer! Das findet Antonius' Mutter nämlich soooooo gemütlich. Und deshalb kichert und gluckst sie auch das ganze Frühstück lang und lacht und ruft mindestens jede Minute einmal »Ist das gemütlich hier!«. Oder sie ruft »Ach, Kinders, ist das gemütlich!«. Manchmal seufzt sie auch nur. Aber Antonius weiß, dass das Seufzen auch nur *gemütlich* bedeutet. Nach dem Frühstück liest Antonius' Vater, immer noch im Schlafanzug, noch mal die komplette Samstagszeitung. »Vielleicht habe ich gestern was übersehen«, sagt er und liest alles noch mal sehr gründlich durch.

Antonius zieht sich dann schnell an und verlässt zügig die Wohnung. Jeden Sonntagmorgen besucht er nämlich den alten Pirosch. Punkt elf Uhr. Und wehe, er ist nicht um Punkt elf Uhr da … Der alte Pirosch schimpft zwar nicht, aber er macht sich sofort große Sorgen. Sehr große Sorgen. Deshalb ist Antonius auch nie zu spät. Antonius liebt es, den alten Pirosch zu besuchen. Da ist es immer so schön alt und auch ein bisschen unheimlich. Kaum einer weiß, wie alt der alte Pirosch nun eigentlich ist. Und wenn man den alten Pirosch fragen würde, so bekäme man wohl kaum eine Antwort. Er redet halt nicht viel. Antonius weiß es allerdings. Er ist sich sicher. Er hat einfach mal die ganzen Falten und Augenringe nachgezählt, die der alte Pirosch so in seinem Gesicht mit sich rumträgt. 87 Stück hat er gezählt. Das war mal kurz vor Weihnachten. Antonius war sich nicht sicher, ob das auch stimmt. Aber als er beim nächsten Weihnachtsfest – ein Jahr später – noch mal nachgezählt hat, da waren es auf einmal 88 Falten und Ringe.

Und jede einzelne Falte kann eine Geschichte erzählen. Antonius hört den Falten gut zu. Der alte Pirosch selber redet ja nicht. Aber die Falten und Augenringe reden. Manchmal sind die Geschichten lustig und unbeschwert. Vor allem die, die um die Augen lustig blinzeln. Es gibt aber auch sehr tiefe Furchen und Falten, die Antonius fast ein bisschen Angst machen. Da entdeckt er schlimme Sachen wie Krieg und Flucht und sehr viel Angst.

Antonius und der alte Pirosch sitzen fast eine Stunde beisammen und reden dabei überhaupt nicht. Antonius bekommt ein Stück Schokolade und ein Glas Saft. Sie lächeln sich dann und wann ein bisschen an. Mehr nicht. Und wenn die Stunde fast rum ist, sagt der alte Pirosch leise: »So, jetzt musst du aber wieder los.« Antonius trödelt noch ein klein bisschen beim letzten Schluck Saft, um dann wieder zu gehen. Spätestens morgen im Park sehen sie sich ja wieder. Wenn Antonius ihm die Einkaufstasche nach Hause trägt.

Kapitel elf (Jetzt aber wirklich!)

Wenn ihr glaubt, das mit dem Antonius geht jetzt immer so weiter und immer so fort, dann habt ihr vielleicht recht. Vielleicht aber auch nicht. Je nachdem. Denn auch wenn es so aussieht, als ob bei Antonius ja eigentlich nichts Besonderes passiert, was so richtig aufregend ist, dann habt ihr vielleicht nicht richtig aufgepasst. Oder die Hälfte von dem vergessen, was ihm so passiert und wie er so lebt. Vielleicht beginnt ihr noch mal ganz von vorne … Ihr seid zu faul? Na ja, gut: Einfach weiterlesen reicht auch.

Antonius Priemelmanns Leben plätschert zwar irgendwie so dahin, aber genau das ist es, was Antonius selbst so spannend findet. Die Tage mögen einander gleichen und die Stunden und Minuten womöglich auch. Aber sie gleichen sich eben nur teilweise. Und nie ganz. Immer, wenn irgendwas scheinbar genau so wieder passiert – und immer und immer wieder –, so ist es doch niemals so ganz gleich. Das ist selbst beim Schulweg so. Zwar unterscheidet der sich auch dadurch, ob der doofe Rüpel-Hund von Frau Wandsbecker im Weg steht oder eben nicht. Aber das sind nur Kleinigkeiten.

Außer … Na ja, außer er begegnet Jeremy-Jerome-Pascal Hochstädter-Tiefenbäumer. Oder besser Dschäi-Dschäi-Pi Ätsch-Tie. Auf solche Begegnungen kann Antonius ganz gut verzichten, denn der ist ohne Aufsicht durch die Lehrer fast unberechenbar und fällt hauptsächlich dadurch auf, immer irgendjemanden zu irgendwas »überreden« zu wollen, und ist dabei in der Wahl seiner »Vorschläge« nicht gerade zimperlich. Antonius hat selbst mal beobachtet, wie J. J. P. H. T. einen kleinen Jungen dazu »überredet« hat, einen kompletten Regenwurm zu essen. Ohne Soße! Ohne Wasser zum Runterspülen! Der Junge hat sich »überreden« lassen und war danach ganz grün im Gesicht. Und obwohl Antonius durch die gewagten Mahlzeiten bei seiner Mutter ja eigentlich trainiert sein müsste, kann er da wirklich auf so was gut verzichten. Vor allem, weil J. J. P. H. T. immer auch noch ganz blöde rumlacht und vielleicht sogar Fotos davon macht, die er im Internet rumzeigt. Was einen dann noch blöder dastehen lässt.

← Cordhut
← Hausmeister Horstkotte
← riesiges Schlüsselbund

Also muss Antonius auf seinem Weg zur Schule nicht nur aufpassen, dass er dem doofen Rüpel-Hund von Frau Wandsbecker nicht über den Weg läuft, sondern eben auch aufpassen, dass er vor J. J. P. H. T. auf dem Schulhof ist. Und dann am besten noch irgendwie in der Nähe einer Schulhof-Aufsicht. Oder – noch besser – in der Nähe von Hausmeister Horstkotte. Horstkotte ist nämlich super. Eigentlich ein wenig verschroben und mürrisch, aber eine Seele von einem Menschen. Er sieht so richtig aus wie ein Hausmeister: Grauer Kittel. Cordhut. Stoffhose in Beige. Und ein riesiges Schlüsselbund an einer langen Kette. Horstkotte hat in seinem Leben wohl schon ein bisschen Pech gehabt. Er zieht sein Bein leicht nach. Deswegen rufen böse Kinder auch mal »Hinkemann« hinter ihm her. Aber das bekommt er kaum mit, weil er nämlich auch noch ein Hörgerät hat. Das funktioniert aber nicht richtig. Vielleicht soll es aber auch nicht richtig funktionieren, damit Hausmeister Horstkotte seine Ruhe hat.

böse Kinder

Einmal, als Antonius sich besonders beeilt hat und besonders früh zum Aufsagen aller Namen bereit ist, stößt er mit J. J. P. H.T. direkt vor dem Tor zusammen. »Pimmelmann«, schnaubt der verächtlich, »kannst du nicht aufpassen?« Antonius will lieber einfach weitergehen. »Hiergeblieben«, tönt J. J. P. H.T., »gib mir mal was von deinem Taschengeld!« Antonius hat nix dabei und wenn doch, dann ganz bestimmt nicht für diesen blöden Heini. Aber das traut er sich natürlich nicht zu sagen. Also wühlt er in seinen Taschen und tut so, als würde er suchen. »Na los, Beeilung!«, drängelt J. J. P. H.T. Antonius wühlt noch doller, aber er weiß ja auch, dass er nix finden wird. Nix finden kann. J. J. P. H.T. wird sauer und will ihm eine knallen oder ihn zu was zwingen oder ihn mit Regenwürmern füttern oder was sonst noch so fies und gemein sein kann.

J.J.P.H.T. →

Doch plötzlich steht Hausmeister Horstkotte neben Antonius und murmelt: »Wegatmen. Du musst ihm einfach die ganze Luft wegatmen! Dann hat er nix zu atmen mehr und fällt um!« Antonius versteht nicht ganz und reagiert erst mal gar nicht. »Wegatmen. Du musst ihm einfach die ganze Luft wegatmen! Dann hat er nix zu atmen mehr und fällt um!«, wiederholt Hausmeister Horstkotte sehr bestimmt. Antonius zögert immer noch. »Vertrau mir!«, flüstert Horstkotte und geht weiter.

Noch bevor J. J. P. H.T. reagieren und noch fieser werden kann, holt Antonius ganz tief Luft. Tief und tiefer. Und noch tiefer. Er saugt sich seine Lungen so dermaßen voll mit Luft, wie es nur geht. Wie ein Staubsauger. J. J. P. H.T. will noch rufen »Ha! Das geht doch gar nicht!« ... aber da kann er schon gar nix mehr sagen. Er bekommt nämlich keine Luft mehr! So sehr er auch zappelt und rudert und den Mund aufreißt wie ein japsender Fisch an Land: Nichts zu machen. Jeremy-Jerome-Pascal

Hochstädter-Tiefenbäumer wird ganz grün im Gesicht und er rudert mit den Armen und wackelt, und seine Zunge hängt ihm aus dem Hals. Er hat nix zu atmen mehr – und dann … fällt er um!

Hausmeister Horstkotte kommt wieder vorbei und murmelt: »Lass nun gut sein, Antonius. Sonst bleibt er noch liegen!« Antonius pustet die Luft hörbar wieder aus seinen Lungen und J.J.P.H.T. (mittlerweile auf allen Vieren kriechend) stöhnt und atmet so schwer wie eine Dampflokomotive am Bielefelder Berg. Er bekommt jetzt zwar wieder Luft, aber so richtig erholt hat er sich noch nicht. Ängstlich krabbelt er davon in Richtung Schultür. »Klappt das bei allen?«, fragt Antonius Hausmeister Horstkotte. »Nein, leider nicht«, antwortet der, »nur bei den Dummen! Bei denen, die sowieso zu wenig Luft im Hirn haben.« Da müssen beide laut lachen. »Geh nur rein«, sagt Hausmeister Horstkotte grinsend. Und das tut Antonius auch und freut sich, dass er einen neuen Freund hat.

Kapitel zwölf

In der Schule ist Antonius eigentlich in allen Fächern eher so mittel. Das liegt ganz bestimmt nicht daran, dass er nicht versteht, worum es geht, und auch nicht an den schriftlichen Arbeiten. Da zeigt er den Lehrern immer, wie gut er in der Lage ist, dem Unterricht zu folgen, fehlerfreie Sätze zu bilden oder den Zahlenraum bis 100 zu beherrschen. Er beherrscht eigentlich sogar locker den Zahlenraum bis unendlich und weiß auch, dass das Symbol für unendlich eine auf der Seite liegende 8 ist. Das weiß bestimmt sonst keiner, jedenfalls aus seiner Klasse nicht. Aber wenn Antonius im Unterricht was sagen oder eine einfache Frage beantworten soll, dann ... ja dann sind in seinem Kopf viele kleine, helle Blitze, und er zittert innerlich ganz doll und kann einfach nichts sagen. Nichts. Aber auch gar nichts! Da können die Lehrer noch so freundlich lächeln und ihm Mut zusprechen. Es geht einfach nicht.

Das ist natürlich im Musikunterricht bei Frau Schief nicht anders. Frau Schief ist besonders nett und singt allerdings auch leider genau so, wie sie heißt. Das kommt nicht nur Antonius komisch vor, sondern die komplette Klasse erstarrt jedes Mal vor gespielter Ehrfurcht, wenn Frau Schief ihre schiefe, leicht schrille Singstimme erklingen lässt und gnadenlos jedes noch so schöne Lied in Grund und Boden trällert. Aber sie ist schon etwas älter, Beamtin, wird bald pensioniert und muss sich wohl keine Sorgen machen, dass sie deswegen ihren Job verliert. Und da im Musikunterricht keine Arbeiten geschrieben werden und nur das Mündliche zählt – und Antonius ja aber den Mund nicht aufbekommt –, würde Antonius wohl ganz bestimmt immer eine Fünf kriegen, wenn, ja wenn Frau Schief nicht so nett wäre und jedem immer mindestens eine Vier gibt. Egal wie schlecht jemand singt oder seinen Text nicht kann.

Eines Tages gibt es bei Frau Schief aber etwas ganz Besonderes: Sie verteilt an alle Schüler Musikinstrumente, die sie mit nach Hause nehmen sollen, um mal auszuprobieren, wie das so ist. Und wer mag, kann sich dann zum Unterricht bei der Musikschule anmelden. Die ist direkt nebenan in der alten Stadtbibliothek. Antonius versucht, möglichst tief in seinen Stuhl zu rutschen, damit sie ihn vielleicht übersieht und er am besten gar kein Instrument bekommt. Vielleicht klappt es ja. Es geht los mit zwei Gitarren. Dann kommen vier kleine Keyboards, sieben Blockflöten, zwei Triangeln, drei Xylophone, ein eher kleines, fast lächerliches Schlagzeug, fünf Ukulelen und für die völlig Unbegabten noch sechs Tamburine.

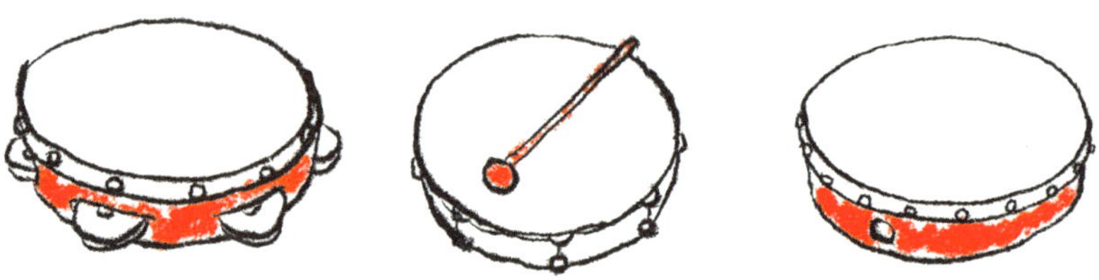

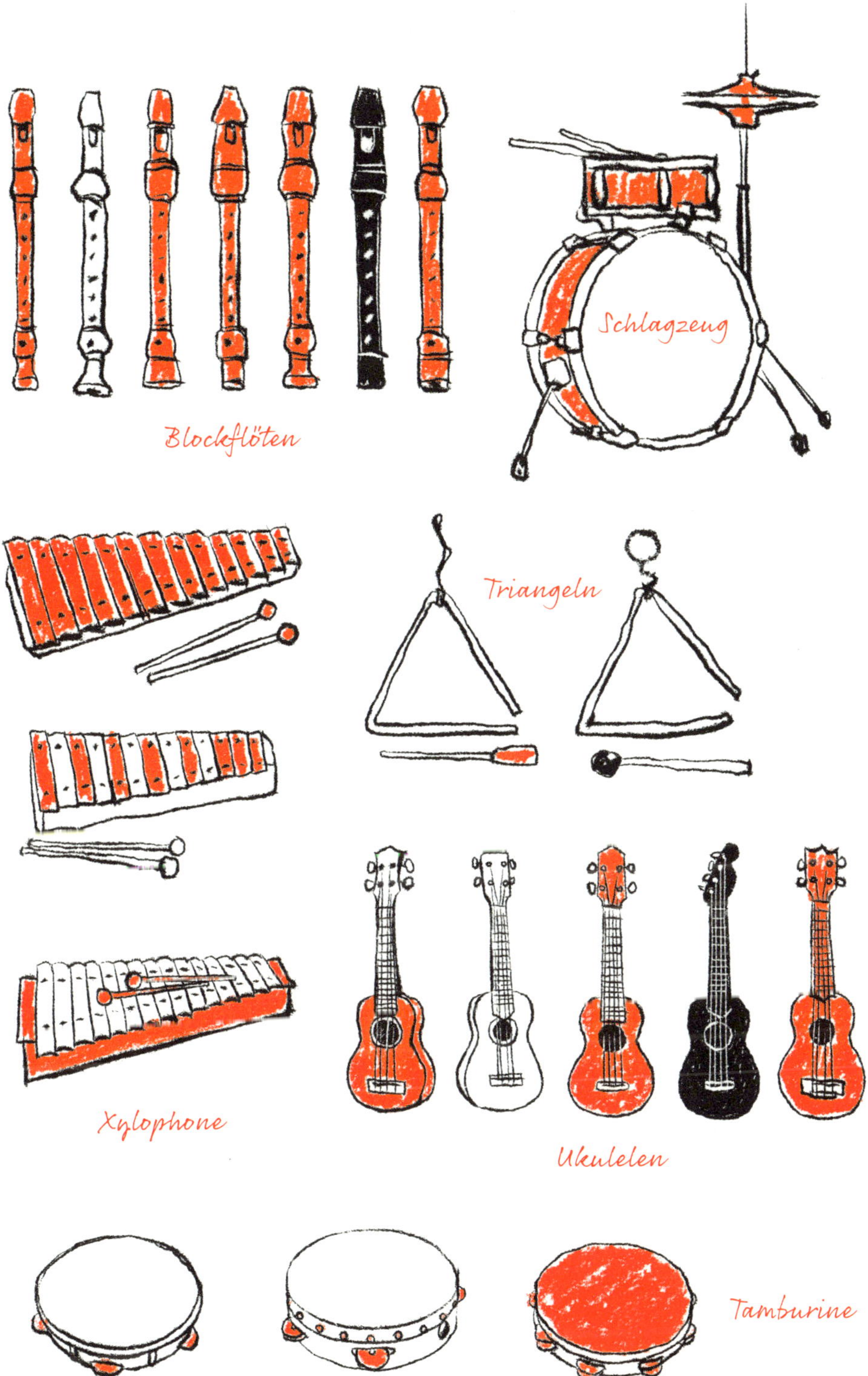
Blockflöten
Schlagzeug
Triangeln
Xylophone
Ukulelen
Tamburine

Als Antonius glaubt, es endlich überstanden zu haben und ohne Instrument nach Hause zu können, sagt Frau Schief plötzlich: »Und für dich, Antonius, habe ich noch was ganz Besonderes. Du bekommst eine Trompete!«

Auweia! Antonius erstarrt fast zur Salzsäule. Was soll er denn damit anfangen? Hätte er sich mal bloß bei der Triangel gemeldet oder bei den Tamburinen. Aber Trompete? Was für eine Katastrophe. Frau Schief lässt nicht locker und stellt ihm den Koffer direkt auf seinen Tisch. Es klingelt und alle rennen raus. Verzweifelt nimmt Antonius den Koffer vom Tisch, seufzt tief und nimmt ihn mit nach Hause. Auf dem Heimweg überlegt er kurz, ob es möglich wäre, das Ding vielleicht einfach in den Müll zu schmeißen und gut is' ... doch das traut er sich nicht. Frau Schief hatte ja nochmals darauf hingewiesen, wie wertvoll so eine Trompete sei und dass er sie unbedingt heile zurückbringen müsse.

Zuhause drückt sich Antonius an seiner Mutter vorbei und versteckt das Ding schnell in seinem Zimmer unter seinem Bett. Am Abend kann er lange nicht einschlafen, er wälzt sich hin und her und her und hin. Erst kurz vor Mitternacht fällt er in einen unruhigen Schlaf. Antonius träumt, dass er Trompete spielen kann. Und zwar so richtig gut. Einfach so. Ohne Üben oder Unterricht. Er kann spielen und alle freuen sich über seine Musik. Seine Eltern, seine Mitschüler, sogar Frau Schief lächelt ihn freundlich an und verkündet allen: »Das gibt im Fach Musik eine Eins plus mit Sternchen«. Sogar zum Bundespräsidenten wird Antonius eingeladen und darf ihm vorspielen. Alle sind begeistert.

Mitten in der Nacht wacht Antonius auf. Alles dreht sich in seinem Kopf, und er weiß gar nicht genau, ob das jetzt ein Traum war oder nicht. Er schaut unter sein Bett. Da liegt die Trompete in ihrem Köfferchen. So, wie er sie dahin geschoben hat. Antonius zieht den Koffer hervor, öffnet ihn und holt die Trompete ganz langsam heraus. Er hält das glänzende Instrument in seinen Händen und steckt vorsichtig das Mundstück in das schmale Ende. War das wirklich nur ein Traum? Oder kann er vielleicht tatsächlich Trompete spielen? Er setzt sie sich an den Mund, spitzt die Lippen und will es versuchen.

Aber halt: Er kann doch unmöglich mitten in der Nacht einfach so in seinem Zimmer Trompete spielen! Wenn seine Eltern wach werden, was dann? Also nimmt Antonius die Trompete und geht vorsichtig aus seinem Zimmer. Ohne Licht anzumachen. Er schleicht sich durch das Wohnzimmer, öffnet ganz leise die Balkontür und geht hinaus. Es ist nicht besonders kalt, aber seine Pantoffeln hat er vergessen und die Balkonfliesen sind doch etwas unangenehm an den nackten Füßen. Egal: Antonius ist hochkonzentriert, setzt die Trompete an die Lippen und pustet so viel Luft wie möglich durch das Mundstück in die Trompete. »Pröt« erklingt es geradezu jämmerlich und nicht besonders laut. Also stärker: »Prööööt!«. Das war schon besser. Antonius wird mutiger. »PRÖÖÖÖÖÖÖT PRÖT PRÖÖÖT PRÖT PRÖT!« Antonius ist geradezu begeistert und findet sich fabelhaft. Leider wird er damit auch übermütig. Er fängt an, so dermaßen wild und unkontrolliert in seine Trompete zu pusten, dass er gar nicht merkt, wie er immer lauter und lauter wird. Und dabei steht er doch mitten in der Nacht auf dem Balkon: »PRÖÖÖT PRÖT PRÖÖÖT PRÖT PRÖT!«

Plötzlich gehen überall in der Nachbarschaft die Lichter in den Fenstern an, und sehr wütende Nachbarn stecken ihre Köpfe hinaus: »RUHE!«, »Unverschämtheit!«, »Leise!«, »Wer spielt denn da?« rufen viele Stimmen. Ein ganz besorgter Bürger fordert sogar, die Polizei zu rufen oder die Feuerwehr oder am besten beides. Antonius versteckt sich hinter der Balkonbrüstung und wartet, bis sich alle wieder beruhigt haben, bis die Fenster sich schließen und alle zurück ins Bett gehen. Es ruft hoffentlich auch keiner die Polizei. Und es hat ja auch keiner gesehen, dass das Tröten von Antonius' Balkon kam, er hat ja im Dunkeln geübt. Er schleicht sich heimlich wieder in sein Bett, packt die Trompete zurück in den Koffer und schläft sofort ein.

Antonius' Eltern haben von dem Ganzen nichts mitbekommen. Wenn die schlafen, dann schlafen die. Beim Frühstück sagt Antonius' Vater: »Ich hatte heute Nacht einen verrückten Traum. Auf unserem Balkon stand ein Elefant und hat die ganze Zeit so trompetet. Prööööt pröt prööööööt pröt pröt! Die Nachbarn haben sich sofort beschwert und wollten sogar die Polizei rufen.« Er schüttelt mit dem Kopf und Antonius' Mutter sagt: »Was du auch immer für einen Unsinn träumst!«

Antonius futtert schnell sein Frühstück und beschließt, die Trompete gleich heute wieder bei Frau Schief abzugeben. Das ist nichts für ihn. Er möchte einfach kein Elefant sein, der auf dem Balkon steht und von der Polizei verhaftet wird.

Kapitel dreizehn

Antonius' Mutter kocht eigentlich sehr gerne für »ihre Männer«. So nennt sie Antonius und seinen Vater gerne. Aber manchmal hat sie eben keine Lust zu kochen und dann sagt sie zu ihren Männern: »Ich habe heute keine Lust zu kochen. Geht mal Pommes!« Genau so sagt sie das dann: »Geht mal Pommes!« Wie ein halbstarker Hip-Hop-Fan. Obwohl sie genau weiß, dass es heißen muss: »Geht doch zur Imbissbude und esst dort ein paar Pommes frites!« Sie lacht dann immer ganz laut und findet das super lustig. »Geht mal Pommes!« ... Darüber kann sie sich stundenlang schlapplachen.

Antonius' Vater findet das eher so mittel. Sowohl den Pommes-Spruch als auch die Tatsache, dass Antonius' Mutter nicht kochen möchte. Er mag nicht so gerne Pommes essen. Er isst lieber Kartoffeln. Obwohl Pommes doch aus Kartoffeln gemacht werden. Mit Reis muss man ihm gar nicht kommen. Den findet er abscheulich, weil er entweder total klebrig ist oder – was er noch schlimmer findet – so körnig, dass ihm die einzelnen Reiskörner immer von der Gabel rutschen. Also geht Antonius meistens alleine los, wenn seine Mutter sagt »Geht mal Pommes!«. Eigentlich könnte sie dann ja auch besser sagen »Geh mal Pommes!«. Egal. Antonius' Vater isst dann lieber ein Butterbrot und Antonius geht zu seiner Lieblingspommesbude. Er geht zu Steffi.

Steffi ist für Antonius eine der schönsten Frauen überhaupt. Die ist nicht nur blond und fabelhaft und hat eine tolle schwarze Brille auf, nein: Sie hat sogar eine eigene Imbissbude. Eine EIGENE Imbissbude! Das muss man sich mal vorstellen: EINE EIGENE IMBISSBUDE! Steffi freut sich immer, wenn Antonius kommt, und dann sagt sie: »Mein Antonius! Wie immer?« Und Antonius muss gar nix mehr sagen. Er nickt nur und krabbelt mühsam auf einen der hohen Hocker an den Tischen. Er schaut Steffi dabei zu, wie sie absolut zielstrebig und mit gekonnten Handgriffen die weißen, gefrorenen Kartoffelstäbchen aus einer großen Schublade holt und sie in das heiße Frittenfett schüttet. Das brutzelt und zischt und brodelt, dass es nur so eine Freude ist. Während Steffi schon mal ein Pappschälchen rausholt und neben die Fritteuse stellt, fragt sie Antonius allerlei Sachen. Antonius bekommt davon nur so knapp die Hälfte mit, aber Wörter wie »Schule«, »zuhause«, »Mama«, »Papa«, »Wetter«, »muss ja« oder »Urlaub« sind eigentlich jedes Mal dabei. Antonius nickt nur regelmäßig, und Steffi strahlt über das ganze Gesicht und sagt, kurz bevor die Pommes fertig sind, nochmal »Mein Antonius!«.

Die Pommes sind heiß und knusprig und goldgelb und auf den Punkt gesalzen. Nicht zu viel und nicht zu wenig. Antonius nimmt sie immer »Schranke«. Das heißt mit Mayonnaise und mit Ketchup. Rot-weiß. Wie eine Bahnschranke eben. Ganz vorsichtig steckt sich Antonius eine Pommes nach der anderen in den Mund und benutzt dabei niemals den kleinen Pommespieker, sondern immer die Finger. Und dabei zählt er die Pommes. Immer einzeln. Probiert das mal mit Reis. Oder mit Kartoffelpüree! Geht gar nicht. Kroketten kann man noch zählen. Aber das ist ja zu einfach. Kroketten sind die »Königin der Beilagen«, sagt Antonius' Vater immer, und »man isst davon immer mindestens sieben!«.

Die hier ist
krömmelig.

Eins, zwei, drei …

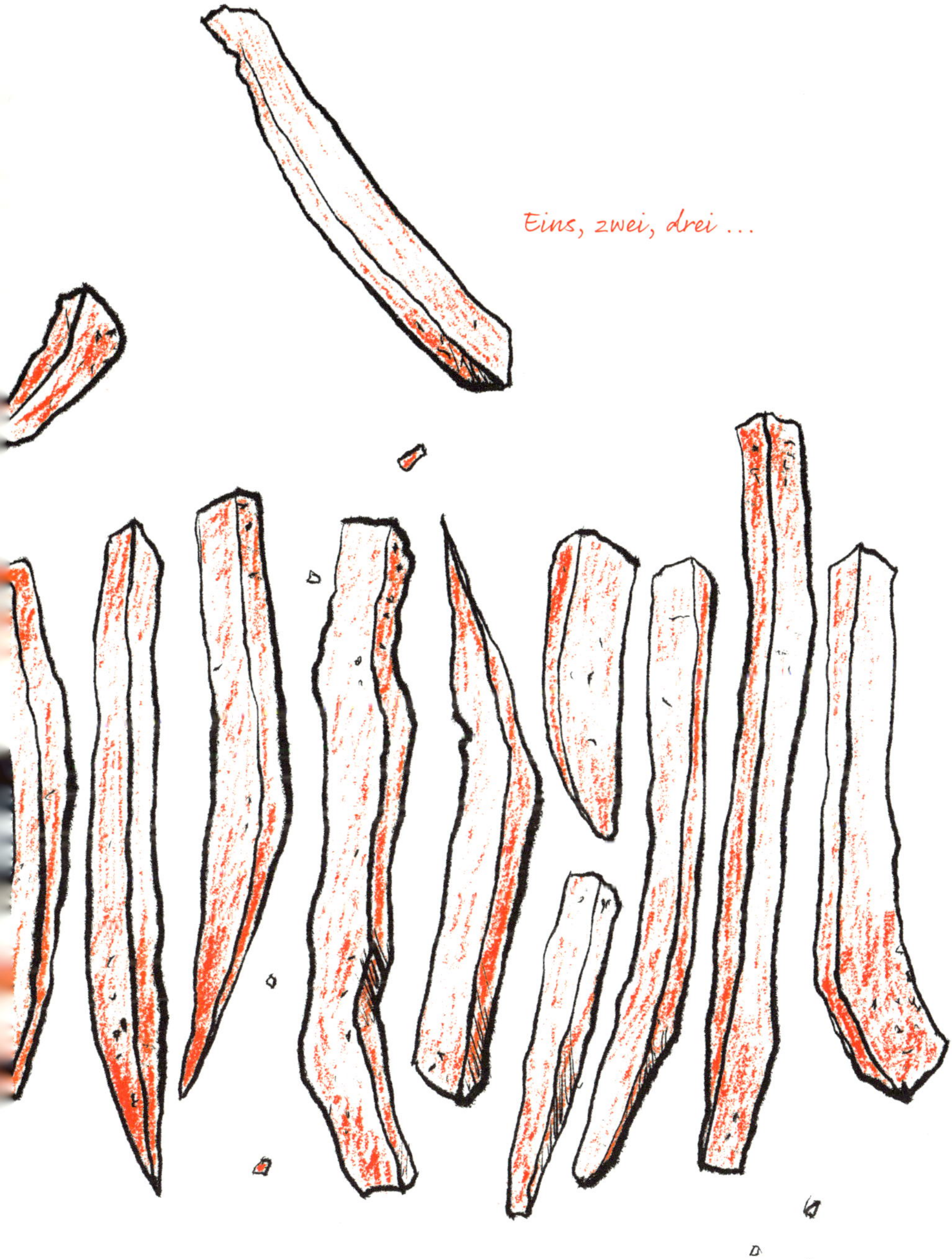

Wenn Antonius die Pommes alle aufgegessen und durchgezählt hat, wischt er sich den Mund ab. Steffi schaut ihn ganz gespannt an und fragt: »Und?« Antonius sagt daraufhin verschwörerisch: »Fünfundfünfzig – wie immer!« Steffi klatscht in die Hände und ruft begeistert »Tschakka!«. Es sind nämlich immer 55 Pommes. IMMER! Obwohl Steffi vorher nie zählt: Schüppe in die Pommes, rein ins Fett, servieren. Durchzählen: 55! Und dann ist Steffi glücklich und strahlt. Sie ist für Antonius dann die »Pommesprinzessin«. Zum Abschied bekommt er noch ein kleines Bonbon. Er lächelt Steffi an. Steffi lächelt Antonius an und sagt: »Mein Antonius!«

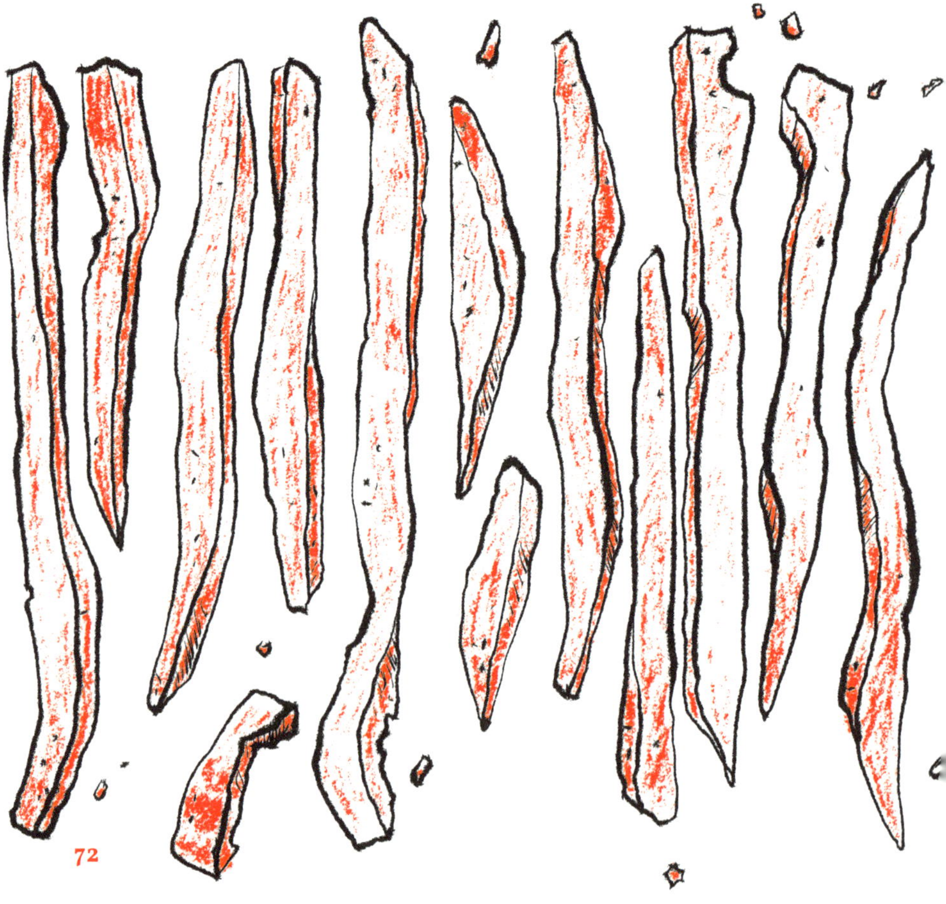

Übrigens: Antonius sagt immer 55. Auch, wenn es mal 54 oder 56 oder mehr oder weniger sind. Antonius würde immer 55 sagen. Denn das macht Steffi glücklich. Und Antonius mag es, wenn Menschen glücklich sind. Wenn er Menschen glücklich machen kann.

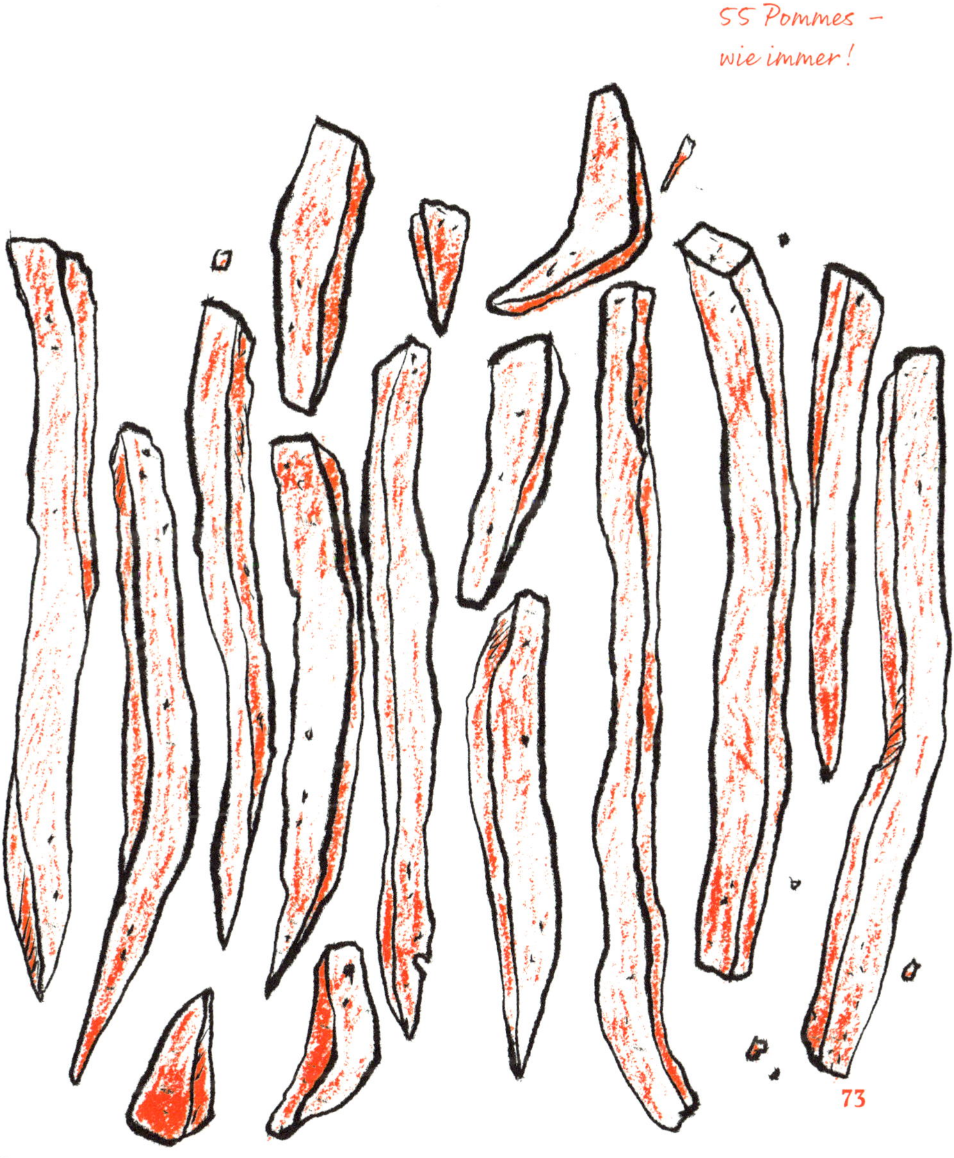

Kapitel vierzehn

Ein perfekter Tag ist für Antonius ein perfekter Tag, wenn er perfekt ist. Hört sich logisch an. Ist aber sehr schwierig. Sehr, sehr schwierig sogar. Das wissen selbst Fachleute. Vielleicht der Papst oder eventuell auch der Dalai Lama.

Für Antonius ist es wichtig, dass mindestens einmal im Jahr ein Tag perfekt ist. Mindestens. Und dann am besten, wenn man Geburtstag hat. Stellt euch mal vor: ein perfekter Tag und dann auch noch Geburtstag.

Wenn Antonius Geburtstag hat, weckt ihn seine Mutter morgens schon lachend und kreischend und prustend und kann es kaum abwarten, dass Antonius endlich ins Wohnzimmer kommt. Dort wartet nämlich sein Vater schon mit den Geschenken. Sie singen dann immer Happy Birthday für ihn. Ein anderes Geburtstagslied kennen sie nämlich nicht. Antonius' Vater ist schon im Anzug und bereit für seinen Tag im Büro. Antonius' Mutter ist auch schon geduscht und hat eine feine Bluse an und die Haare gemacht und einen Duft drauf und Lippenstift. Antonius mag das und findet das perfekt.

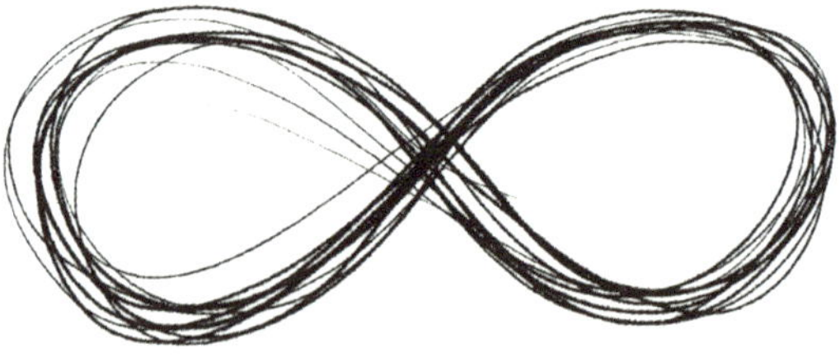

Wenn es dann die Geschenke gibt, wird es noch perfekter, denn Antonius' Eltern achten immer sehr darauf, dass er immer alles bekommt, was er sich gewünscht hat. Nicht, dass die Priemelmanns reich wären oder so. Aber Antonius wünscht sich immer genau so viele Sachen, wie seine Eltern es sich leisten können. Und eigentlich sogar ein kleines bisschen weniger. Das finden auch seine Eltern perfekt, weil sie so alles für Antonius kaufen können, was er sich wünscht. Und Antonius findet es perfekt, weil er alles bekommt, was er sich gewünscht hat: immer drei oder vier kleine Geschenke und ein großes. Na ja, so ein mittelgroßes. Das kauft dann immer Antonius' Vater. Der findet »mittelgroß« ja auch perfekt.

Wenn so ein Geburtstag auch noch auf ein Wochenende fällt, dann ist das noch perfekter. Perfekt perfekt, sozusagen. Da haben die Priemelmanns Zeit füreinander und Zeit für Antonius und Zeit zum Feiern. Auch, wenn Antonius' Vater frühmorgens am Wochenende noch im Schlafanzug ist und aussieht, als ob er gleich wieder einschläft. Antonius mag seinen Vater im Schlafanzug besonders gern.

Diesmal wird Antonius acht Jahre alt. Das findet er perfekt. Die 8 ist nämlich seine Lieblingszahl. Wie das Zeichen für unendlich, nur gedreht. Kann es perfekter sein? Nein? – Doch! Kann es.

Kurz bevor es am Nachmittag Kakao und Kuchen gibt, klingelt es nämlich an der Tür. Antonius wundert sich. Aber seine Eltern lächeln geheimnisvoll und fordern ihn auf, doch die Türe zu öffnen. Wer könnte das sein? Eigentlich hat Antonius nie Gäste. Und seine Eltern auch nicht. Sein Vater hat zwar Kumpels beim »I-ate-the-worm«-Club, aber gesehen hat Antonius die noch nie. Antonius geht also zur Tür und macht sie auf … und da stehen sie alle: der alte Pirosch, Hausmeister Horstkotte und Steffi von der Pommesbude. Alle lächeln, und Antonius freut sich ungemein. Wie noch nie im Leben! Er schaut aber noch vorsichtig in den Hausflur, ob da nicht auch Jeremy-Jerome-Pascal Hochstädter-Tiefenbäumer oder der doofe Rüpel-Hund von Frau Wandsbecker (oder Frau Wandsbecker) irgendwo rumstehen, aber die hat gottseidank keiner eingeladen. Perfekt!

Also sitzen sie alle zusammen im Wohnzimmer am perfekt gedeckten Tisch, trinken perfekten Kakao und essen perfekten Kuchen und haben alle gemeinsam einen perfekt gut gelaunten Nachmittag. Antonius ist glücklich! Und alle anderen sind es auch. So könnte es immer sein.

Perfekt!

Ende

Oh, schade, das Buch ist schon zu Ende. Haben Euch die Geschichten gefallen? Und wollt Ihr mehr über Antonius Priemelmann erfahren? Habt Ihr vielleicht ganz konkrete Fragen? Schreibt das, was Ihr wissen wollt, in eine E-Mail und schickt sie an mail@antonius-priemelmann.de Dann informieren wir Euch gerne, wenn es etwas Neues gibt.

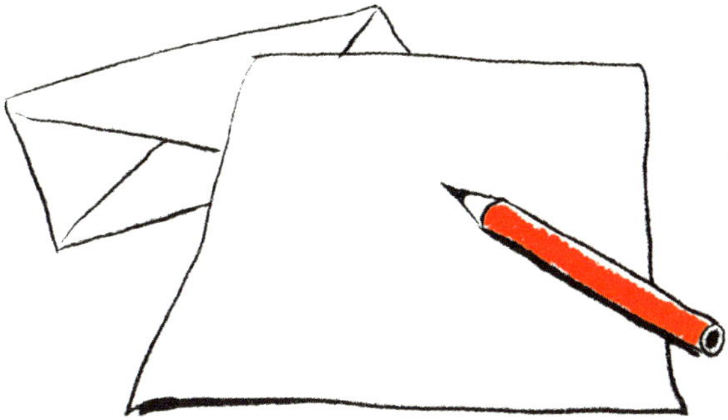

Falls Ihr lieber einen Brief schreiben wollt,
könnt Ihr das natürlich auch tun. Hier ist die Adresse:

Antonius Priemelmann
c/o newtone
Viktoriastraße 19
33602 Bielefeld

Wir freuen uns auf Post von Euch!

Impressum

ISBN 978-3-936359-81-7

tpk-Verlag, Bielefeld

1. Auflage, Oktober 2020

Idee und Text:
Jochen Vahle, Bielefeld

Illustrationen, Buchgestaltung und Satz:
Peter Zickermann, Büro Z, Bielefeld

Lektorat:
Roland Siekmann, tpk-Verlag

Druck:
Finidr s. r. o., Tschechische Republik

Schriften:
Vollkorn von Friedrich Althausen
Rollerscript von Nick Cooke

Gefördert durch ein Künstlerstipendium
im Rahmen der NRW-Corona-Hilfen.

Bezirksregierung
Detmold

50
EURO
CENT
KOCHEN
Brot
Äpfel
Eier